Torrance C. Clark

Monster Arms

- Trainingskurs-

Torrance Christopher Clark

Monster Arms
Clark for Mass

K+V Verlag

Die deutsche Bibliothek - CIP-Einheitsaufnahme:

Clark, Torrance Christopher:

Monster Arms / Torrance Christopher Clark. -
1. Aufl.- Langen :K -und- V-Verl.,1993

ISBN 3-928063-22-7

© **1993 K + V Verlag 6070 Langen**

Alle Rechte beim Verlag. Kein Teil dieses Werkes darf in
Druck, Fotokopie, Mikrofilm oder einem anderen Verfahren ohne
schriftliche Genehmigung des Verlages reproduziert oder unter
Verwendung elektronischer Systeme verarbeitet, vervielfältigt
oder verbreitet werden.

ISBN 3-928063-22-7

Achtung

Die im Buch besprochenen Themen sind lediglich zur allgemeinen Information gedacht und stellen keine ärztliche Beratung dar.

Der Autor stellt weder direkt noch indirekt irgendwelche Behauptungen auf medizinischem Gebiet auf.

Die Leser mögen einen qualifizierten Arzt aufsuchen, wenn die Situation die Inanspruchnahme medizinischer Dienstleistungen erfordert.

Wir bedanken uns bei all denen herzlichst, die zu der Verwirklichung dieses Buches beigetragen haben.
Die Aufnahmen wurden im Fitness Studio Langen, Fred Schischkin, Gartenstr. 1-3 gemacht. Thanks auch an KV DESIGN für die Unterstützung und die Foto´s.

K + V Verlag, Ralf Väth Langen 1993

Inhalt

Monster Arme - Allgemeines 10

Anfängerprogramme 14

Programme für
fortgeschrittene Sportler 19

Profiprogramme 30

Bizepsspezial-Training......................45

Kombiniertes Straigtset-
Superset -Programm.........................48

Trisatz-Training 51

Das Sekundär Armtraining................54

High-Rep-Sekundärtraining.............57

Schocktraining.................................61

Monster Arme

Mit Bodybuilding wird schon immer eine Muskelgruppe ganz speziell verbunden. Die Arme, oder ganz speziell die Oberarme, Bizeps und Trizeps. Wie keine andere Muskelgruppe signalisieren starke Oberarme Kraft und Überlegenheit. Überall in den Studios sieht man Sportler mit gigantischen Bizeps- und Trizepsmuskeln. Mag dies in einem Studio noch relativ normal sein, so erregt solch ein Sportler in der Öffentlichkeit doch großes Aufsehen.

In diesem Trainingskurs wollen wir uns damit befassen, wie man in kurzer Zeit riesige Oberarme entwickeln kann oder zumindest seinen Armumfang um ein beträchtliches Maß steigern kann. Dieser Kurs ist sowohl für den Bodybuilding-Anfänger wie auch für den fortgeschrittenen Sportler ein hilfreicher Schlüssel zum

Erfolg. Das Ziel des Kurses ist es, den Bodybuilder überall in den Studios zu helfen, mindestens fünfziger Oberarme zu entwickeln. Monsterhafte Trizeps, gigantische Bizeps, ganz so wie wir es uns erträumen, ganz so, wie ein Bodybuilder-Arm aussehen soll. Voll, rund und gut geformt. Dabei muß ich allerdings sagen, daß die Form der Muskulatur, d.h. das individuelle Aussehen der Muskeln weder durch Training noch durch Medikamente beeinflußt werden kann. Dieser Faktor wird einzig und allein durch die Vererbung bestimmt. Trotzdem kann jeder Sportler überdimensionale Muskeln entwickeln. Selbstverständlich kann ein Sportler von 1,50m Körpergröße nicht denselben Armumfang erreichen, wie ein Mann von 1,80m Körpergröße. Ein Mensch von geringerer Größe hat sebstverständlich auch kürzere Muskelstränge und genau dieser Faktor ist für das Muskelvolumen entscheidend, die Länge der Muskelköpfe. Es existieren einige Formeln, mit denen man anhand dieses Längenmaßes ungefähr berechnen kann, wie stark ein Oberarm mindestens werden kann. Allerdings sind diese Formeln allesamt so ungenau, daß wir uns damit nicht aufhalten wollen. Es spielen viel zu viele Faktoren eine Rolle beim Muskelaufbau, als daß man eine allgemein gültige Formel zur Berechnung der maximalen Muskelgröße erstellen könnte. Allein die Stoffwechseltätigkeit ist einer der Faktoren, die nicht zu berechnen sind.

Es gilt hier einige Fragen zum Training allgemein und natürlich zum Armtraining speziell zu beantworten. Die wichtigste Frage

ist: Warum spricht mein Körper nicht so gut auf das Training an, wie ich es erwarte? Diese Frage hat sich sicherlich schon jeder Aktive gestellt. Die Antwort ist im Grunde einfach. Meistens mangelt es nicht an der Ernährung, nicht am Training und nicht an der Einstellung. Der Hauptpunkt ist: Es mangelt an Geduld! Dies ist der Knackpunkt, an dem alle Bemühungen scheitern. GEDULD!
Ich bin überzeugt davon, daß die meisten Sportler im Grunde gute Fortschritte machen, aber es geht ihnen zu langsam. Es dauert eine lange Zeit, einen wirklich eindrucksvollen Körperbau zu erreichen. Bodybuilding ist eine Sportart, die sehr viel Geduld erfordert. Die Sportler, die sie bewundern, in Zeitschriften und Kinofilmen haben jahrelanges, hartes Training absolviert um so beeindruckend auszusehen. Speziell das Armtraining erfordert viel Geduld, wenn man eindrucksvolle Arme entwickeln will. Es erfordert spezielle Planung über eine lange Zeit und gezieltes, genau dosiertes Training. Das geringste Übertraining, nur ein Satz zu viel und das gewünschte Wachstum bleibt aus. Die Armmuskeln gehören mit zu den kleinsten Muskeln im Körper. Das bedeutet, daß die Erholungsfähigkeit dieser Muskelgruppe sehr beschränkt ist. ERHOLUNG ist hier das Schlüsselwort, ohne Erholung kann kein Wachstum entstehen.Wachstum folgt nur dann, wenn die Muskeln voll erholt sind. Bei den Armmuskeln ist es sehr schwer, diese Erholung zu gewährleisten.Wir benutzen für jede nur erdenkliche Tätigkeit unsere Arme, das bedeutet, daß diese Muskeln ständig beansprucht werden und kaum Ruhe

und Zeit zum Wachsen haben. Belastet man diese Muskeln dann noch mit übermäßigem Training, dann geschieht das, was wir alle schon zu gut kennen. NICHTS! Schon durch das Training der Rücken- und Brustmuskeln werden Bizeps und Trizeps so stark beansprucht, daß oftmals ein zusätzliches spezielles Training überhaupt nicht notwendig wäre!

Aber auch ohne spezielles Armtraining passiert nicht viel. Unser Ziel ist es, das Wachstum der Armmuskulatur so anzuregen, daß die Arme kontinuierlich dicker und stärker werden. Monatelanges Training ohne Erfolg gehört der Vergangenheit an. Mit diesen Trainingsprogrammen können sie gewiß sein, ständig Fortschritte zu machen. Dies sind die produktivsten Trainingsprogramme, die ich im Verlauf meiner bisherigen Trainingszeit zusammentragen konnte. Und ich kann sagen, daß in dieser Zeit eine ganze Menge Programme zusammen gekommen sind. Nicht nur Trainingsprogramme, sondern auch Erfahrung gebe ich mit diesem Kurs weiter. Erfahrung, die Ihnen Jahre an Trainingszeit sparen kann, wenn die Programme genau befolgt werden. In diesem Kurs finden Sie alle möglichen und unmöglichen Arten von Trainingsprogrammen.

Anfängerprogramme
Fortgeschrittene
Profiprogramme
Bizeps-Spezialtraining
Trizeps-Spezialtraining

Supersatz-Training
Trisatz-Training
Kombiniertes Straightset +Superset-Training
Spezial Straightset-Masseprogramme
Spezial Superset-Masseprogramme
Sekundär-Armtraining
High-rep-Sekundärtraining
High-rep-Armtraining
Schock-Training

Diese Liste der Trainingsarten scheint auf den ersten Blick recht verwirrend. Aber erst so können Sie erkennen, wie viele unterschiedliche Trainingsarten es überhaupt gibt und natürlich, wie viele Möglichkeiten Sie und jeder andere Sportler haben, Monsterarme zu entwickeln.
Beginnen wir also mit den Trainingsprogrammen.

ANFÄNGERPROGRAMME

Dazu muß erst definiert werden, wer als Anfänger eingestuft werden muß, wo sie sich selbst einstufen müssen. Anfänger ist derjenige Sportler ganz offensichtlich, der neu zum Bodybuilding gekommen ist. Als Anfänger sollte sich jeder betrachten, der weniger als 6 Monate Trainingserfahrung hat. Aber auch Sportler, die aufgrund von Verletzungen oder sonstigen

Begebenheiten Trainingspausen von längerer Dauer (3-X Monate) einlegen mußten, sollten sich ohne Bedenken wieder als Anfänger sehen. Bei den Programmen beginnen wir praktisch bei Null, am ersten Trainingstag. Meistens wird dann ein Training des ganzen Körpers durchgeführt, 2 bis 3 Mal pro Woche.
Abgesehen vom Training des restlichen Körpers sollte das Training ihrer Arme in der ersten Woche wie folgt aussehen:

Trizeps:
Bankdrücken, enge Griffweite (Abstand zwischen den Daumen ca.15-20cm)
3Sätze 10-bis 15 Wiederholungen

Bankdrücken enger Griff   -Anfang

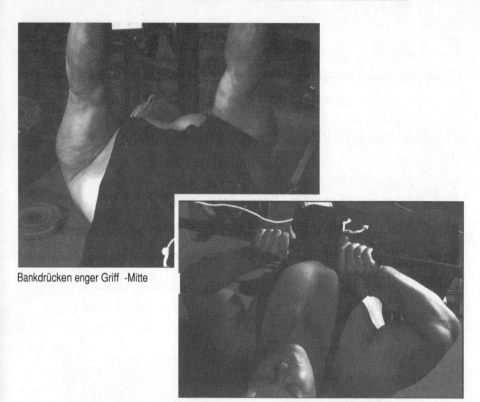

Bankdrücken enger Griff -Mitte

Bankdrücken enger Griff - Ende

Langhantelcurl - Anfang

Bizeps:

Langhantelcurl, normaler schulterweiter Griff

3 Sätze 10- bis 15 Wiederholungen

In der zweiten Trainingswoche wird lediglich die Satzzahl um einen Satz pro Muskelgruppe erhöht. Für die Trizeps

Langhantelcurl - Mitte

Langhantelcurl - Ende

führen wir dann 4 Sätze Bankdrücken mit engem Griff, für die Bizeps 4 Sätze Langhantelcurls aus.
Bei dieser Satzzahl verbleiben wir dann für die nächsten 10 Wochen. Was wir ändern, sind die Übungen. Ab der dritten Trainingswoche wechseln die obigen Übungen von Training zu Training. Das zweite Armtraining besteht aus folgenden Übungen:

Kabeltrizepsdrücken - Anfang

Trizeps:

Trizepsdrücken am Kabelzug (nach unten)
4 Sätze zu 10 bis 15 Wiederholungen

Kabeltrizepsdrücken - Mitte

Kabeltrizepsdrücken - Ende

Bizeps:

Kurzhantelcurls im stehen(abwechselnd)
4 Sätze zu 10 bis 15 Wiederholungen.

Die Satzzahl sollte in den ersten 12 Wochen 12 Sätze pro Woche nicht überschreiten. Der größte Fehler, den vor allem Trainingsneulinge machen ist der, zu viele Sätze pro Muskelgruppe zu absolvieren,vor allem beim Armtraining. Also, Vorsicht, halten Sie sich an die vorgegebene Satzzahl. Wenn Sie jetzt zu Anfang Ihres Trainings schon den Fehler des Übertrainings begehen, werden sich Ihre Arme wahrscheinlich nie mehr davon erholen und das Wachstum Ihrer Armmuskeln wird immer dem restlichen Körper nachstehen.Wenn Sie Abwechslung brauchen, dann verändern Sie die Griffweite bei den verschiedenen Übungen oder kombinieren Sie Kurzhantel und Langhantel-Übungen miteinander. Begehen Sie nicht den Fehler, zu früh in ihrem Training die Satzzahl zu erhöhen. Man kann natürlich ab und zu, d.h. maximal 1 mal pro Monat, die Satzzahl für Bizeps und Trizeps auf 7-8 Sätze erhöhen. Empfehlenswert ist dabei, die erhöhte Satzzahl für die Bi- und Trizeps an getrennten Tagen durchzuführen. Im nächsten Training werden dann wieder die normalen Sätze, 4 pro Muskelgruppe, durchgeführt. Außerdem sollten, falls die Satzzahl einmalig erhöht wird, an diesem Trainingstag nur die Arme trainiert werden. Dies gilt für Trainingstage, an denen sie Bizeps und Trizepsmuskeln zusammen trainieren.

Programme für fortgeschrittene Sportler

Fortgeschrittene Sportler sind all jene, die zwischen 3-und 12 Monate Trainingserfahrung gesammelt haben und relativ gute Fortschritte erzielen konnten. Trainingsprogramme für diese Sportlergruppe sollten maximal 8 Sätze pro Bizeps oder Trizepsmuskel nicht überschreiten. Der Hauptunterschied zum Anfängerprogramm liegt in der größeren Anzahl der verschiedenen Übungen für die einzelnen Muskelgruppen. Für diese Programme stehen uns folgende Übungen zur Verfügung :

Trizeps:

Bankdrücken, enger Griff.

Bankdrücken eng - Anfang

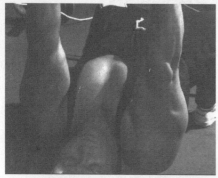

Bankdrücken eng Mitte

Bankdrücken eng - Ende

Trizepspress, mit der S-Z-Stange, liegend, zur Stirn.

SZ Press - Anfang

SZ Press - Mitte

SZ Press - Ende

Trizepsdrücken am Kabelzug

(als Variation wird diese Übung mit dem Kabel über Kopf Oberkörper in Vorbeuge durchgeführt.)

Trizepsdrücken - Anfang

Trizepsdrücken - Mitte

Trizepsdrücken - Ende

French Press - Anfang

French Press - Mitte

Kurzhantel-Trizepsdrücken einarmig über Kopf.

French Press - Ende

Trizepsdrücken mit der S-Z Stange, sitzend, über Kopf.

Trizepsdrücken - Anfang

Trizepsdrücken - Mitte

Sicherlich gibt es noch viele Übungen für die Trizeps aber mit 5 Übungen kann man sich einige gute Trainingsprogramme zusammen stellen.

Trizepsdrücken - Ende

Bizeps:

Langhantelcurl, stehend.

Langhantelcurl
- Anfang

Langhantelcurl
- Mitte

Langhantelcurl
- Mitte

Langhantelcurl, am Schrägbrett

Langhantelcurl
- Anfang

Langhantelcurl
- Mitte

Langhantelcurl
- Ende

Kurzhantel-Schrägbankcurls

Curls mit der S-Z-Stange

Kurzhantelcurl - Anfang

Kurzhantelcurl - Mitte

Kurzhantelcurl - Ende

Kurzhantelcurls abwechselnd sitzend oder stehend.

Bei diesen Programmen empfiehlt es sich, Lang- und Kurzhantel-Übungen zu kombinieren. Die Trainingsprogramme sind, wie schon die Anfängerprogramme, darauf ausgelegt, möglichst schnell Muskelmasse aufzubauen. Deshalb fällt die Auswahl an Übungen auch auf solche, die unser Ziel "Monster Arme" am schnellsten ermöglichen. Um dieses Ziel zu erreichen, brauchen wir keine Übungen wie Kabelcurls oder Trizeps-Kickbacks, sondern Übungen, die einfach auszuführen sind und viel Masse bringen. Und genau diese Übungen liegen in unserer Auswahl vor.

Einige Programme, kombiniert aus den obigen Übungen, könnten folgendermaßen gestaltet sein:

Programm A Bizeps:

Langhantelcurl, stehend 4* 10-12 Wiederholungen

S-Z-Curl am Schrägbrett 4* 10-12 Wiederholungen

Trizeps:

French Press 4*10-12 Wiederholungen

Trizepsdrücken im Sitzen mit der S-Z-Stange

4*10-12 Wiederholungen

Die Ausführung der Übungen lassen Sie sich am besten von ihrem Trainer im Sportstudio erklären und vorführen. Die Übungen per Text zu erklären würde die meisten Sportler zu sehr verwirren.

Programm B Bizeps:

Langhantelcurls am Schrägbrett 4* 10-12 Wiederholungen

Kurzhantelcurls im Sitzen , abwechselnd 4* 10-12 Wiederholungen

Trizeps B:

Bankdrücken enger Griff 4*10-12 Wiederholungen

Trizepsdrücken am Kabelzug, über Kopf 4*10-12 Wiederholungen

Die Wiederholungszahlen pro Satz sollten 12 WH nicht unterschreiten. Untersuchungen haben gezeigt, daß bei 12 WH das größte Dickenwachstum der Muskelfasern eintritt. Erst nach der 8ten Wiederholung eines Satzes ist der Reiz der Belastung des Gewebes stark genug, um einen Wachstumsreiz zu vermitteln.

Programm C Trizeps:

Trizepsdrücken sitzend, über Kopf 4*10-12 Wiederholungen

Trizepsdrücken am Seil, stehend, 4*10-12 Wiederholungen

Bizeps C :

Kurzhantelcurl stehend 4*10-12 Wiederholungen

S-Z-Curls stehend   4*10-12 Wiederholungen

Die aufgeführten Übungen können und müssen je nach belieben kombiniert werden. Man sollte in diesem Trainingsstadium lernen, das Training individuell zu gestalten. Deshalb experimentieren Sie mit verschiedenen Übungskombinationen. Versuchen Sie, mit immer neuen Kombinationen der Übungen die für sie idealen Programme zusammenzustellen.

PROFIPROGRAMME

Damit sind Trainingsprogramme gemeint, die jeder Sportler durchführen kann, der länger als ein Jahr konstant und mit gutem Erfolg trainiert. Die Fehler, die bei diesen Programmen meistens gemacht werden, sind die, daß die Wettkampfprogramme der Topstars einfach kopiert werden. So bleiben die erwünschten Erfolge aus, denn wir sind immer noch damit beschäftigt, "Monsterarme" zu entwickeln. Dies ist ein Masse-Trainingskurs und wenn man auf Masse trainiert, haben Wettkampf-Vorbereitungsprogramme keinen Platz in unserem Trainingsalltag. Wir beschäftigen uns hier nur mit Profiprogrammen zum Masseaufbau. Wenn sie schon länger als ein volles Jahr trainieren, kennen sie sicher schon alle üblichen Übungen die für Bizeps und Trizeps ausgeführt werden können. Trotzdem gebe ich hier nochmals eine hoffentlich komplette Liste aller Bizeps und Trizepsübungen.

Bizepsübungen:

Langhantelcurl, stehend

Langhantelcurl, sitzend

Langhantelcurl, S-Z-Stange

Langhantel-Scottcurl

Langhantel-Konzentrationscurl

Langhantelcurl, Obergriff

Kurzhantelcurl, stehend
Kurzhantelcurl, sitzend

Kurzhantelcurl, an der Schrägbank

Kurzhantelcurl, an der Scottbank

Kurzhantelcurl, abwechselnd

Kurzhantelcurl, einarmig
Kurzhantel-Konzentrationscurl
Kurzhantel-Hammercurls

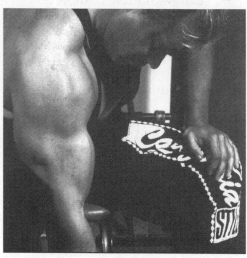

Konzentrations-curl - Anfang

Monster Arms

Konzentrations-
curl - Mitte

Konzentrations-
curl - Ende

Bank SZ eng
- Anfang

Bank SZ eng
- Mitte

Bank SZ eng
- Ende

Trizepsübungen:

Bankdrücken, enger Griff

Bankdrücken, mittlere Griffweite

Bankdrücken, umgekehrter Griff

Bankdrücken S-Z-Stange

Die nächste Kategorie der Trizepsübungen sind die sogenannten Trizepsstreck-Übungen. Dabei werden die Trizeps trainiert indem der Arm im Ellbogen-Gelenk gebeugt und gestreckt wird. Dabei wird nur der Unterarm bewegt. Der Oberarm bewegt sich nicht oder nur unwesentlich.

Trizepsstrecken, liegend

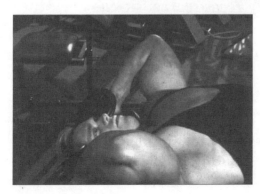

KH Strecken
- Anfang

KH Strecken
- Mite

KH Strecken
- Ende

Trizepsstrecken, sitzend

Trizepsstrecken am Kabelzug nach unten

Trizepsstrecken am Kabelzug über Kopf

Trizepsstrecken , Kurzhantel sitzend

Trizepsstrecken, Kurzhantel stehend

Trizepsstrecken, sitzend beidarmig mit 1 Kurzhantel

Trizeps Strecken -Anfang

Trizeps Strecken -Mite

Trizeps Strecken -Ende

Trizepsstrecken, liegend einarmig über Kreuz

Trizeps-Kickbacks, Kurzhantel

Trizeps Kickbacks -Anfang

Trizeps Kickbacks -Anfang

Trizeps-Kickback, Seilzug

Aus dieser Liste von Übungen lassen sich sehr viele Trainingsprogramme erstellen. Einige Beispiele möchte ich hier geben.

Programm 1)

	S	WH
Kurzhantelcurls, abwechselnd, im Stehen	4 *	10-15
S-Z-Curls, stehend	4 *	10-15
Kurzhantelcurls, abwechselnd, im Sitzen	4 *	10-15
Trizepsstrecken am Seil	4 *	10-15
Trizepsstrecken, einarmig, K-Hantel	4 *	10-15
Trizeps-Kickbacks	4 *	10-15

Programm B)

Langhantelcurl, stehend	5*6-10
Schrägbank Kurzhantelcurls	5*10-12
Bankdrücken, enger Griff	5*6-8
Trizepsstrecken am Seil, vorgebeugt	5* 10

Programm C)

S-Z-Curls, stehend	3*10
Scottcurls, Langhantel	3*10
Trizeps-Pullover+Press	3*10-12

Trizeps Pullover+Press -Anfang

Trizeps Pullover+Press - Mitte

Monster Arms

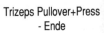
Trizeps Pullover+Press
- Ende

Trizeps-Pushdowns   3*10-12

Programm D)

Kurzhantel-Scottcurls   3*10

Langhantelcurls,stehend   3*10

Konzentrationscurl   3*12-15

Trizepsstrecken stehend   4*8-10

Trizepsdrücken mit S-Z-Stange   4*8-10

KH-Trizepsstrecken über Kreuz   3*12-15

Programm E)

Das folgende Programm ist mein persönliches Lieblingsprogamm für Super-Masse. Es besteht aus lediglich 5 Übungen . Das Bizeps und Trizepstraining werden an getrennten Tagen ausgeführt.Das Trizepstraining wird im Anschluß an ein Brust-Schultertraining,das Bizepstraining im Anschluß an ein ausgiebiges Rückentraining ausgeführt.

Langhantelcurl (20, 15, 10, 8, 8, 6)

Kurzhantelcurl, stehend (15, 10, 8, 8, 6, 6)

Kurzhantelcurl - Anfang

Kurzhantelcurl - Mite

Monster Arms

Kurzhantelcurl
- Mitte

Kurzhantelcurl
- Ende

Obergriffcurls   4* 8-10

Pullover-Trizepsdrücken   4*10-12

Trizepsdrücken, Seil   (15, 10, 8, 8,6,6)

Selbstverständlich kann dieses Programm auch komplett als Armtrainings-Programm an einem separaten Trainingstag ausgeführt werden. Es empfiehlt sich dann aber, an diesem Tag nur die Arme zu bearbeiten. Oftmals trainiere ich die Bizeps und Trizepsmuskeln im Wechsel, das heißt in einer Art Supersatz. Der

Unterschied zu dem konventionellen Supersatz-Training besteht darin, daß ich erst eine Trizepsübung komplett in allen Sätzen durchführe und dann im Anschluß eine Bizepsübung mache. So erreiche ich eine sehr gute Durchblutung der Bizeps und Trizeps. Weiterhin können sich die trainierten Muskeln zwischen den Übungen gut erholen und sind für die nächste Übung wieder frisch und erholt. Ein weiterer Vorteil ist, daß so die wirklich schweren Übungen mit großer Intensität durchgeführt werden können. Dies ist nicht der Fall, wenn erst die Übungen für eine Muskelgruppe komplett trainiert werden. Die zweite im Training bearbeitete Muskelgruppe büßt beim herkömmlichen Armtraining immer etwas an Intensität ein und wird so unter Umständen nie voll austrainiert. Wenn sie die Arme in der beschriebenen Art und Weise trainieren, werden Bizeps und Trizeps mit gleicher Intensität bearbeitet. Damit kürzen sie ihren Weg zu **MONSTER ARMS** erheblich ab.

Soviel zu den Beispielen für Trainingsprogramme. Als nächstes behandeln wir das Bizepsspezialtraining. Bizepsspezialtraining kommt erst dann in Frage, wenn nach einigen Trainingsjahren die Bizepsmuskeln deutlich gegenüber der restlichen Muskulatur abfallen. Dabei werden die Bizeps ganz gezielt trainiert. Das Training des restlichen Körpers wird eingeschränkt und zwar so weit wie möglich. Es wird praktisch nur ein Erhaltungstraining für jede Muskelgruppe außer den Bizeps durchgeführt. Damit haben schon sehr viele Wettkampf-Bodybuilder Schwächen in den Bizepsmuskeln beheben können und dann in weiteren Wettkämpfen bessere Plazierungen erreicht.

Bizepsspezial-Training

Langhantelcurl	4*6
Schrägbankcurl	4*8
90-Grad Scottcurl	4*8
35-Grad Scottcurl	4*10

Restliches Ganzkörpertraining

Bankdrücken, eng	5*10
Kniebeuge	3*10
Rudern, vorgebeugt (Rücken)	3*8
Nackendrücken (Schultern)	3*8
Bankdrücken (Brust)	3*8
Wadenheben	3*15

Für die Trizeps haben sich zu Spezialisierung folgende Übungen bewährt.

Bankdrücken, enger Griff	4*6
Dips, mit extra Gewicht	4*8
Trizepsstrecken, liegend	4*8
Trizeps-Kickbacks	4*12

Das Training für den restlichen Körper kann wie beim Bizepsspezial-Training ausgeführt werden. Sie werden bemerkt haben, daß oftmals die gleichen Übungen wiederkehren. Der Grund dafür ist darin zu finden, daß diese Übungen für den Masseaufbau der Armmuskeln unerläßlich sind. Oft werden bei der Spezialisierung für Bizeps oder Trizeps bis zu 25 oder gar 30 Sätze durchgeführt.

Eine weitere Art des Spezialisierungstrainings besteht darin, die Muskelgruppe, die bearbeitet werden muß, über eine Woche täglich zu trainieren oder so lange, bis sich der gewünschte Erfolg eingestellt hat. Das heißt, daß an jedem Trainingstag zum Beispiel die Bizepsmuskeln mit 8-bis 10 Sätzen trainiert werden.

Das Supersatztraining ist die nächste Trainingsart, mit der wir uns in diesem Massekurs befassen wollen. Beim Supersatz-Training werden entweder zwei Übungen für die gleiche Muskelgruppe, d.h. zum Beispiel zwei Bizepsübungen nacheinander ohne Pause, oder jeweils ein Satz für gegensätzlich arbeitende Muskelgruppen, d.h. ein Satz Bizepscurls gefolgt von einem Satz Trizepsstrecken ohne Pause ausgeführt. Zwischen den Sätzen darf die Übergangspause nicht länger als 5 Sekunden dauern.Zwischen den Supersätzen folgt dann die normale Pause. Supersatz-Training ist eine Art des Masse-Spezialtrainings. Spezialtraining bedeutet immer, daß es sich um eine Trainingsart handelt, die immer nur kurzzeitig angewandt wird. Dieses Spezialtraining eignet sich nicht für den ständigen Gebrauch. Trotzdem verwenden viele Bodybuilder diese Trainingsart über längere Zeiträume, meistens aber nur in der Wettkampf-Vorbereitung. Die meisten Trainingspläne in Fachzeitschriften sind Supersatz-Trainingspläne. Dadurch werden viele Sportler in ihrem Training fehlgeleitet. Supersatz-Programme sollten maximal 4-6 Wochen durchgeführt werden, wenn damit ein Plus an Muskelmasse erreicht werden kann. Werden diese Programme länger durchgeführt, dann führt dies unweigerlich zu Masse-Verlust. Ein Supersatzprogramm, das mir gute zwei Zentimeter Armumfang in kurzer Zeit bescherte, setzt sich aus folgenden Übungen zusammen:

Kombiniertes Straigtset-Superset -Programm

Trizepsstrecken, liegend　　　4*10-12

Scottcurls, S-Z-Stange　　　4*10-12

Diese beiden Übungen werden nicht im Supersatz ausgeführt. Als nächstes die Supersätze:

Trizepsstrecken am Seil　　　2*8
Kurzhantelcurl, sitzend　　　2*8

Trizepsstrecken, sitzend mit Kurzhantel　　　2*8
Langhantelcurl, stehend　　　2*8

Trizepskickbacks　　　2*12-15
Konzentrationscurls Kurzhantel　　　2*12-15

Dieses Programm sollte ca.4 Wochen beibehalten werden. Es sollte 2 mal pro Woche durchgeführt werden. Das Programm ist, konsequent ausgeführt, sehr effektiv. Die Trainingsdauer sollte maximal 45-60 Minuten betragen.

Hier ein weiteres Beispiel eines Supersatz-Trainingsprogrammes:

Langhantelcurls	5*6
Bankdrücken S-Z-Stange	5*6
Scottcurls	5*10
Trizepsdrücken, Seil	5*10
Konzentrationscurl	5*15
Trizepsstrecken, beidarmig Kurzhantel	5*15

Ein wichtiger Punkt des Supersatztrainings und des Trainings generell ist der, immer die für die angegebenen Wiederholungszahlen schwerstmöglichen Gewichte zu benutzen. In den obigen Programmen wurden immer die Bizepsmuskeln zusammen mit den Trizepsmuskeln im Supersatz bearbeitet. Man kann aber auch zwei Bizepsübungen und zwei Trizepsübungen zu einem Supersatz zusammenschließen. Dadurch wird die Trainingsintensität noch weiter gesteigert. Das bedeutet, daß sie sich der Grenze zum Übertraining gefährlich nähern. Für unser Training hat dies die Folge, daß die Zahl der so ausgeführten Sätze deutlich verringert werden muß, wenn ein weiterer Massezuwachs erreicht werden soll. Ein solches Programm könnte dann etwa wie folgt aussehen:

Bizeps:

Langhantelcurls (SS)Scott-Curls
2* 6-8 Wiederholungen

Kurzhantelcurls sitzend (SS)Bizepsmaschine
1* 10-15 Wiederholungen

Damit haben Sie dann 6 superintensive Sätze für die Bizeps ausgeführt. Oftmals sind nach den ersten beiden Supersätzen die Bizeps so aufgepumpt wie noch nie zuvor. Dann wird es schwerfallen, den zweiten Supersatz auszuführen. Hören Sie auf Ihre innere Stimme. Wenn sie das Gefühl haben, daß ihre Bizeps genug haben, dann zwingen Sie sich nicht, den letzten Supersatz noch zu bewältigen. Gehen Sie über zum Trizepstraining. Es gilt als oberster Grundsatz, daß Sie sich niemals zu mehr Sätzen zwingen, solange sie Massezuwachs erreichen wollen.Ein SS-Trizepstraining könnte wie folgt aussehen:

Bankdrücken, enger Griff (SS) Trizepstrecken, liegend S-Z-Stange
2*6-8 Wiederholungen

Trizepsstrecken am Seil (SS) Trizepsstrecken sitzend Kurzhantel beidarmig

2* 10-15 Wiederholungen

Damit werden Ihre Trizeps total erschöpft und voll austrainiert sein. Auch wenn Sie noch Energie haben, um weitere Sätze auszuführen, beenden Sie das Training nach diesen 8 Sätzen. Sobald Sie fühlen, daß der erreichte Pumpeffekt nicht mehr zu verbessern ist, beenden Sie das Training, auch wenn weniger als die angegebenen Sätze dazu notwendig sind.

Als nächstes befassen wir uns mit dem Tri-Satz-Training.

Das Trisatztraining

Das Trisatz-Training ist eine erweiterte Variante des Supersatz-Trainings. Dabei werden jeweils drei verschiedene Übungen für eine Muskelgruppe aufeinanderfolgend ohne Pause zwischen den Sätzen ausgeführt. Beim Trisatztraining für die Arme wird immer nur eine Muskelgruppe trainiert. Es eignet sich nicht dazu, Bizeps und Trizeps im Wechsel zu trainieren wie beim Supersatztraining. Die Muskelgruppen werden nacheinander trainiert.
Hier einige Beispiele, wie ein Trisatz-Trainingsprogramm aussehen könnte:

Trizeps:

Übung:	Sätze	Wiederholungen
Bankdrücken, eng	1	6
Trizepsdrücken am Seil	1	8
Trizeps-Kickbacks	1	15

Diese drei Übungen stellen einen Tri-Satz für die Trizepsmuskeln dar. Sie sollten ohne Pausen zwischen den Übungen ausgeführt werden. Nach Beendigung der drei Übungen folgt eine Pause von ca. 2 Minuten. Trisatztraining ist eine sehr intensive Trainingsart. Es sollten nicht mehr als 2 bis maximal 3 Serien pro Muskel ausgeführt werden. Voraussetzung für ein erfolgreiches Trisatz-Training ist, daß Sie Ihren Körper schon sehr gut kennen und wissen, welche Übungen gut wirken. So kann man dann sehr effektive Trisatz-Programme entwickeln. Die Trainingsintensität ist bei dieser Trainingsart mörderisch, also immer Vorsicht walten lassen! So schnell, wie Sie damit Fortschritte machen, so schnell läßt das Trisatz-Training ihre Muskeln auch wieder schrumpfen, wenn Sie die Grenze Ihrer Belastbarkeit überschreiten. Damit meine ich nicht die

Belastbarkeit Ihrer Muskulatur, sondern viel mehr die Belastbarkeit Ihres Regenerationssystems. Diese Belastbarkeits-Grenze ist speziell bei sehr kleinen Muskeln wie den Bizeps und Trizepsmuskeln sehr schnell überschritten. Was dann passiert, dürfte eigentlich jedem Sportler klar sein. Dann können sie fast zuschauen wie ihre Arme ständig dünner werden.

Ein Tri-Satz für die Bizepsmuskeln könnte wie folgt aussehen:

Übungen	Sätze	Wiederholungen
Langhantelcurl	1	6
Scott-Curl	1	10
Übungen	Sätze	Wiederholungen
Konzentrationscurl	1	15

Speziell beim Bizepstraining ist es wichtig, die Satzzahl zu beschränken. Auch hier sollten maximal 2 Serien der aufgeführten Übungen durchgeführt werden.

Das Sekundär-Armtraining

Sekundär-Armtraining ist ein weiterer Weg, das Wachstum der Armmuskulatur weiter anzuregen. Dabei werden die Arme, Bizeps und Trizeps nur alle 10 Tage separat und voll austrainiert. Darüber hinaus werden die Arme an jedem Trainingstag außer am Tag vor dem separaten Armtraining bearbeitet. Und zwar im Anschluß an das jeweilige Tagestraining. Ziel des Sekundärtrainings ist es, die Bizeps und Trizeps ständig stärker durchblutet zu halten. Wird die Muskulatur ständig stärker als normal durchblutet, werden auch ständig mehr Nährstoffe, also Protein, Kohlehydrate und Fette zu den Muskelzellen transportiert. Das Ergebnis ist dann stärkeres Wachstum der betreffenden Muskeln. Diese Trainingsart eignet sich am besten für die kleineren Muskelgruppen, also Arme, Waden und die Schultern. Dabei sollten maximal zwei Muskelgruppen gleichzeitig nach dem Sekundär-Prinzip trainiert werden. In unserem Falle also die Arme.

Beim Sekundärtraining dürfen nicht mehr als höchstens drei Sätze pro Muskel und Trainingstag durchgeführt werden. Es eignet sich für diejenigen Sportler, die sehr wenig Zeit zum Training aufbringen können und trotzdem bei ihrem Armtraining substantiellen Massezuwachs erreichen wollen. Ich persönlich habe mit dem Sekundärsystem sehr gute Fortschritte erzielt. Die Trainingszeit betrug pro Tag nicht mehr als ca. 10-15 Minuten.

Das normale Sekundär-Armtraining wird mit den gleichen Wiederholungszahlen wie das übliche Armtraining durchgeführt. Das heißt, die Wiederholungszahlen liegen zwischen 6 und 12 Wiederholungen. Dabei genügt eine Übung pro Muskelgruppe.
Hier ein Beispiel:

Bankdrücken, enge Griffweite

3 * 6- 8 Wiederholungen

Kabelcurls an der Zugmaschine

3 * 6- 8 Wiederholungen

Kabelcurls - Anfang

Kabelcurls - Mitte

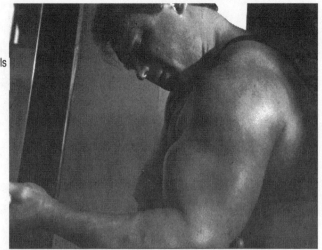

Kabelcurls - Ende

Besonders intensiv ist diese Trainingsart, wenn die ausgewählten

Übungen im Supersatz ausgeführt werden.

Wie bei allen Trainingssystemen ist auch das Sekundärarmtraining nicht dazu geeignet, ständigen Massezuwachs zu erreichen. Aber das haben alle Trainingssysteme gemeinsam. Die Lösung des Problems heißt ganz einfach Abwechslung. Sobald man über das Anfänger und Fortgeschrittenen-Stadium hinaus ist, bringt nur noch gezielt eingesetzte Abwechslung wirklichen Erfolg. Dabei ist eine weitere leistungssteigernde Abwechslung ganz einfach zu erreichen. Das High-Rep-Sekundärtraining ist eine solche einfache, aber äußerst effektive Methode, das Wachstum der Armmuskulatur wieder anzuregen.

HIGH-REP-SEKUNDÄRTRAINING

High-reps bedeutet viele Wiederholungen. Doch was sind viele Wiederholungen? Im normalen Training werden zwischen 6 und 10 Wiederholungen pro Satz ausgeführt, das sind normale Wiederholungszahlen. Hohe Wiederholungszahlen sind somit mehr als 12. Irgendwo zwischen 12 und 25 Wiederholungen liegen die sogenannten hohen Wiederholungszahlen. Nicht so beim High-rep-Training. Dabei brechen wir alle dagewesenen Schranken. Wie schon so oft. High-rep-Training beginnt definitiv bei Wiederholungen über 25. Das heißt dort, wo ein Satz bislang als beendet war, fängt das High-rep-Training an, dann wenn die Muskeln schon zum Bersten voll mit Blut sind und eigentlich das Ende angesagt ist. Diese Trainingsart macht keinen Spaß, wirklich nicht. Aber wir wollen MONSTER-ARMS, wir wollen mehr. Mehr als jeder andere, wollen die Zentimeter an Armumfang, für die andere Monate trainieren, in Wochen oder gar Tagen antrainieren. Wie lange brauchen sie mit normalem Training um einen vollen Zentimeter an Armumfang zuzulegen? 2 Wochen, 2 Monate,3 Monate? Nicht mit dem High-rep-Training! Damit können sie ohne Probleme 1-bis 2 Zentimeter mehr Armumfang in einer Woche verwirklichen. Sicher, das mag unglaublich klingen, aber es funktioniert. Wirklich. Und das hat mehrere Gründe.

1.)

Durch das High-rep-Training werden andere Muskelfasern beansprucht als beim herkömmlichen Training mit geringen Wiederholungszahlen. Durch die extrem hohen Wiederholungszahlen werden diese Muskelfasern zum Wachstum gebracht.

2.)

Wie ich schon mehrfach erklärte, besteht ein Muskel aus mehreren Komponenten die unterschiedlich viel Platz in der Zelle beanspruchen. Ein sehr wichtiger Bestandteil der Muskelzelle sind die Kapillaren. Kapillaren sind die kleinsten blutführenden Gefäße im Körper. Sie sind die Ausläufer der großen, blutführenden Arterien und Venen und sorgen für den Stoffaustausch zwischen Blut und Geweben. Diese Gefäße machen ungefähr 5% der Gesamtmasse einer Zelle aus. Im Klartext bedeutet das: Sind diese Gefäße nur unzureichend entwickelt, verschenkt man bis zu 5% Armumfang. Zudem werden die Gewebe schlecht durchblutet und somit schlecht mit Nährstoffen versorgt. High-rep-Training ist der ideale, ja sogar der einzige Weg, die Kapillaren ausreichend zu entwickeln. Nun mag man sagen, was sind schon 5% Armumfang? Einfach ausgedrückt , der Unterschied zwischen einem 45er Arm und einem 50er Arm beträgt rund 5%. High-rep-Training macht`s möglich.

Beim Super-Highrep-Training reicht es, wenn man eine Übung für die Bizeps und eine Übung für die Trizeps ausführt. Ein solches Training könnte dann so aussehen:

Bizeps:
Langhantelcurls　　　　　　3 * 25-X Wiederholungen

Trizepsstrecken am Seil　　　3 * 25-X Wiederholungen

Denken Sie immer daran, daß nicht die verwendeten Gewichte, sondern die Wiederholungszahlen wichtig sind. Versuchen Sie, möglichst 100 Wiederholungen pro Training zu erreichen. Sobald Sie dieses Ziel erreicht haben, erhöhen Sie die verwendeten Gewichte. Arbeiten Sie sich langsam bis zu dem Ziel von 100 Wiederholungen vor und vor allem, scheuen Sie sich nicht davor, mit wirklich leichten Gewichten zu beginnen. Spätestens wenn Sie in einem Satz die 50te Wiederholung ausgeführt haben, werden Sie wissen, was ich meine.

Mit dem Erreichen der 100 Wiederholungs-Grenze haben Sie auch sogleich einen weiteren Weg zu riesigen Oberarm-Muskeln beschritten. Das System der 100 Wiederholungen pro Satz wird in den USA von vielen Sportlern regelmäßig durchgeführt. Mit Erfolg. Ein enger Bekannter von mir, der 1988 den Titel des Mr.Kalifornien errang, trainierte 6 Monate ausschließlich nach diesem System. In dieser Zeit nahm er rund 15 kg an Gewicht zu. Einige dieser kg drückten sich in guten 5 cm mehr an Armumfang aus. Durch das 100er System wird der gesamte Stoffwechsel des Körpers verändert. Vor allem wird die Verstoffwechselung von Kohlehydraten, Fetten und Eiweißen beschleunigt und die Durchblutung der trainierten Muskeln erhöht. Es ist sicher einen Versuch Wert, Sätze mit 100 Wiederholungen in das Training ein zu bauen. Dann sollte sich die Satzzahl auf einen Satz pro Muskelgruppe beschränken. Außerdem sollten sie Übungen wählen, die 100 Wiederholungen problemlos ohne Verletzungsgefahr ermöglichen. Dabei wären folgende Übungen sinnvoll:

Trizepsstrecken am Seil

1 * 100 Wiederholungen

Curls an der Bizepsmaschine

1 * 100 Wiederholungen
Diese beiden Übungen lassen hohe Wiederholungszahlen ohne Verletzungsgefahr zu.

Schocktraining

Vor einigen Jahren fiel mir ein Armtrainingskurs in die Hände, der eigentlich nur eine interessante Trainingsvariante enthielt. Es handelte sich dabei um ein sogenanntes Schocktraining. Ein sehr dehnbarer Begriff, Schocktraining. Schon oft wurden solche Trainingsprogramme in Fachzeitschriften veröffentlicht. Diese Schocktrainingsprogramme wurden immer als Ersatz für das verwendete Programm angepriesen. Grundsätzlich also kein Schock für die Muskeln, sondern nur eine Umstellung vom üblichen auf ein anderes Trainingssystem oder Programm. Nicht so das folgende Schocktraining. Alleine der Zeitaufwand, der hierfür benötigt wird, ist schon ein mittlerer Schock. Diese Art des Schocktrainings eignet sich nur in bestimmten Fällen dazu, in einem Studio durchgeführt werden. Im Normalfall, so denke ich, sollte dieses Training zu Hause ausgeführt werden.Dazu ist es ideal. Schon allein deshalb, weil für dieses Training keine Maschinen oder spezielle Trainingsgeräte benötigt werden. Alles, was wir dazu brauchen sind zwei Kurzhanteln und eine Langhantel.Und nach Möglichkeit noch eine normale

Flachbank. Sonst nichts. Und natürlich viel Zeit. Außerdem wäre es sicher nicht schlecht, wenn Sie vor Beginn Ihren Kühlschrank mit Lebensmitteln auffüllen, so daß Sie ständig etwas essen können. Auch das ist sehr wichtig. Der bevorzugte Tag für dieses Schocktraining könnte der Sonntag oder eben ein anderer arbeitsfreier Tag sein. Wie schon gesagt, für dieses Programm brauchen Sie viel Zeit. Und zwar deshalb, weil Sie praktisch den ganzen Tag trainieren. Ja, richtig, Sie trainieren den ganzen Tag. Nur Bizeps und Trizeps. Eigentlich wird nicht viel trainiert, aber eben ständig. An Übungen wählen wir jeweils zwei Bizepsübungen und zwei Trizepsübungen aus. Eine Langhantelübung und eine Kurzhantelübung. Als Langhantelübung nehmen wir für die Trizeps das Bankdrücken mit engem Griff. Die Bizepsübung sind ganz normale Langhantelcurls. Die Kurzhantelübung für die Trizeps sind Kurzhantel-Frenchpresses, also Kurzhantelstrecken im Liegen.F ür die Bizeps machen wir abwechselnde Kurzhantelcurls. Die Gewichte sollen so gewählt werden, daß immer 10 Wiederholungen bewältigt werden können. Wenn nun die Flachbank mitsamt allen Kurzhanteln und Langhanteln richtig plaziert ist, meines Erachtens ist die Position zwischen dem Eßtisch und der nächsten Couch die beste, kann es losgehen. Die ersten Sätze führen wir morgens gegen 8 Uhr nach dem ersten Frühstück aus. Zwei Sätze Bankdrücken mit engem Griff für die Trizeps. Danach folgen zwei Sätze Langhantelcurls für die Bizeps. Jeweils 10 Wiederholungen pro Satz. Dreißig Minuten danach, also gegen

8.30 Uhr folgen die Kurzhantel-Übungen. Zwei Sätze French Presses im Liegen ausgeführt im Supersatz mit den abwechselnden Kurzhantelcurls. Wieder dreißig Minuten danach machen wir wieder unsere Langhantelübungen, diese allerdings nicht im Supersatz. Und so geht es weiter bis zum Sonnenuntergang, wann immer dieser sein mag. Auf alle Fälle sollte die Trainingszeit gut zwölf Stunden betragen.Verrückt? Ja, total verrückt. Aber das sollte uns nicht belasten, nur das Ergebnis zählt. Außerdem, egal wie verrückt es auch ist so einen Tag zu verbringen, zwischen Flachbank, Couch und Eßtisch, es kann ja unser kleines Geheimnis bleiben. Zwischen den Sätzen bleibt ausreichend Zeit alle zwei oder drei Stunden etwas zu Essen. Dabei sollten Kohlehydrate und Protein eine große Rolle spielen. Die Fortschritte auf dem Nährmittelsektor bringen einen weiteren Vorteil, den die Urväter dieses Schockprogrammes nicht nutzen konnten. Ich spreche von Aminosäuren . Es ist sicher von großem Nutzen, wenn Sie bei diesem Programm zwischen den Mahlzeiten vor allem BCAA's aufnehmen. BCAA`s sind eine Gruppe von verzweigtkettigen Aminosäuren. Es sind die Aminosäuren Valin, Leucin und Isoleucin. Diese Aminosäuren werden von den Muskeln direkt nach dem Training in großen Mengen benötigt. Stehen diese Aminosäuren nicht zur Verfügung, baut der Körper über den Prozeß der Transaminasen andere Aminosäuren zu diesen BCAA's um, so daß die Muskeln ausreichend damit versorgt werden können. Im Klartext, es wird Muskelgewebe abgebaut, um Muskelgewebe aufzubauen, ergo, es wird kein neues Gewebe aufgebaut. Es sei denn, sie führen ausreichend BCAA's zusätzlich zu. All diejenigen, die noch nichts über BCAA's wissen, sollten auf den ROIDSnews Update Nr.1 zurückgreifen. Erhältlich beim K+V Verlag. Sicher ist auf alle Fälle, daß durch den Gebrauch von BCAA's schneller größere und härtere Muskeln aufgebaut werden können.Der einzige Nachteil der Aminosäuren ist ihr hoher Preis, deshalb lohnt sich ein Preisvergleich. Zurück zum Training. Haben Sie den Trainingstag noch gut überstanden, dann kommt der "Tag danach". Voraussichtlich werden Sie Muskelkater haben wie noch nie zuvor und noch nie so viele Sätze für Ihre Arme absolviert haben. Aber das Ergebnis sollte sich sehen lassen können. Glaubt man den Verfassern dieses Programmes, so sollten die Oberarme am Folgetag 1 Inch bis 1 1/2 Inch dicker sein als am Vortag. Das sind immerhin 2,5 Zentimeter bis rund 3,5 Zentimeter mehr Armumfang.Ich hatte den Eindruck, daß der Verfasser des Programmes aus dem Bundesstaat Texas stammte, in Texas ist alles etwas größer. Vielleicht wird auch in anderen Dimensionen übertrieben. Ein Versuch wird es zeigen. Selbst wenn nur ein einziger Zentimeter "hängen" bleibt, hat sich der Tag im Kämmerlein gelohnt. Dieses Schockprogramm sollte maximal alle drei Monate durchgeführt werden. Soviel zum Armtraining aus meiner Sicht. Sicher gibt es noch unzählige unterschiedliche Armtrainings-Programme, fragen sie 1000 Sportler und sie werden 2000 Antworten erhalten. Grundsätzlich hat jeder Sportler sein eigenes "bestes"Programm. Bodybuilding ist von

Anfang bis Ende ein Experiment. Nur durch ständiges "Herumprobieren" wird jeder Sportler die für ihn wirksamsten Programme entwickeln. Mit diesem Trainingskurs hoffe ich, allen Sportlern einen Schritt weitergeholfen zu haben. Zumindest würde es mich freuen, wenn ich das Interesse am "Experiment Bodybuilding" geweckt oder neu geweckt habe. Bleiben sie weiterhin am "Ball", Bodybuilding ist die andere Seite der unendlichen Geschichte.

Dies ist der erste Kurs einer ganzen Reihe von Trainingskursen. Die Christopher Clark Monster- Trainingskurse sind die Ersten ihrer Art auf dem deutschen Markt. Auf ROIDS IV Clenbuterol warten die "Fans" sicher schon ungeduldig. Die Leser, die sich auch andere Bücher gekauft haben und dann enttäuscht waren wissen, es gibt nur ein Original. Man könnte es auch so ausdrücken: "Nur wo CLARK draufsteht, ist auch wirklich CLARK drin".

                          BIs bald, euer
                          CHRIS CLARK

POWERBOOKS

ROIDS
Anabole Steroide

K + V Verlag

**ROIDS
anabole Steroide**

Das Buch über anabole Steroide.
Der Klassiker der über Jahre hinwegvon allen offiziellen Organen boykottiert und verneint wurde.
ROIDS, der Tatsachenbericht, gehört in das Bücherregal des ernsthaften Bodybuilders.

**68 Seiten, Paperback
ISBN 3-928063-04-9 ,**

ROIDS II
Competition

K + V Verlag

**ROIDS II
Competition -Wettkampf-**

ROIDS II zeigt neue Wege und Möglichkeiten der Wettkampfvorbereitung.
Diätthalten ohne den Verlust von Muskelmasse.
Nach der in diesem Buch gezeigten Superdiät erreichen Sie 5% Körperfett, ohne den sonst üblichen Verlust an wertvoller Muskelmasse.

**84 Seiten, Paperback
ISBN 3-928063-05-7 ,**

ROIDS III
HGH Wachstumshormone

K + V Verlag

**ROIDS III
-HGH- Wachstumshormone-**

Roids III -HGH- ist ein Report über Wachstumshormone, menschliche wie auch künstliche.
Der Stoff der bei Dopingtests nicht nachweisbar ist. So machen es die "Großen".
Eine Zusammenfassung aller Fakten über die "Neutronenbombe" des Leistungssports.
**84 Seiten, Paperback
ISBN 3-928063-10-3 ,**

ROIDSNEWS
Update 1

Neue
erweiterte
Auflage

K + V Verlag

**ROIDSNEWS update 1
-Neue, erweiterte Auflage-**

Erfahren Sie die besten Tricks der Leistungssportler ROIDSNEWS update 1 in einer neuen, erweiterten Auflage:
Alles über Injizierbares Dianabol, Fälschungen, No-Name Dianabol, BCAA's die vielversprechenden Aminosäuren, Androtardyl. 250.
**Paperback
ISBN 3-928063-06-5 ,**

**Maximaler Muskel- und Kraftzuwachs
ohne Drogen**

Muskeln und Masse ohne Drogen, der gesunde Weg zur Steigerung der Leistung.
Nutzen Sie Ihr natürliches Potential und vertrauen Sie es mit natürlichen Stimulantien und moderner Trainingstechnik für Natürliches Bodybuilding. Mind Power, HGH-Freisetzung, Metabolic Optimizing, Amino's, Siegen auch ohne Steroide, Hilft bei Nahrungsergänzungen die Spreu vom Weizen zu trennen. **150 Seiten, Festeinband
ISBN 3-928063-14-6 ,**

**Maximaler Muskel- und Kraftzuwachs
ohne Drogen Update #1**

Aktuelle News über Nahrungsergänzungen, alles über den drogenfreien Muskelaufbau, Trainings- und Ernährungsprogramme. Tips, Buchbesprechungen, Einkaufsführer, Masseplan, Leserforum, Rezepte, u.v.a.

**70 Seiten, Paperback
ISBN 3-928063-01-4 ,**

**Maximaler Muskel- und Kraftzuwachs
ohne Drogen Update #2**

Aktuelle News über Nahrungsergänzungen, alles über den drogenfreien Muskelaufbau, Trainings- und Ernährungsprogramme. Tips, Buchbesprechungen, Einkaufsführer, Masseplan, Leserforum, Rezepte, u.v.a.

**68 Seiten, Paperback
ISBN 3-928063-09-X ,**

**Spezial Report:
UdSSR Masse Geheimnisse**

Der Report über Massenzuwachs überhaupt.
Warum sind es immer die Sportler aus der UdSSR die mit wissenschaftlichen Methoden das letzte aus dem Körper herausholen und dann die Olympische Gold abkassieren?
Erfahren Sie die UdSSR Masse Geheimnisse.
**ca. 38 Seiten, Paperback
ISBN 3-928063-17-0 ,**

Steroid Handbook

Beim lesen des Steroid Handbooks merken Sie das keine Fragen offen bleiben. Hier sind die Antworten auf die Sie schon immer gewartet haben. Ohne Fakten zu verbergen, ohne wissenschaftliche Studien, ohne ärztlichen Zeigefinger, dafür aber mit den Tatsachen.
Die Wahrheit aus der Sicht des Sportlers.
**130 Seiten, Paperback
ISBN 3-928063-02-02 ,**

Steroid Handbook II

Endlich lieferbar! Teil 2 des Steroid Handbooks. Diese beiden Werke übertreffen alles was bisher da war. Neueste Informationen, zum ersten Mal Foto's vonOriginal und Fälschungen. Wie Fälschungen erkannt und gebannt werden. So aktuell wie kein anderes Buch. Steroid Handbook und Steroid Handbook II machen alles andere überflüssig.
**148 Seiten, Paperback
ISBN 3-928063-03-0 ,**

**Spezial Report:
Harte Muskel in Sieben Tagen**

Der Report auf den Sie alle gewartet haben. Kein langsamer den Brei herumreden. Alle Fakten wie Sie einen "normalen" Körper in harte Definierte Wettkampfform bringen. Ein Buch für Wettkampfathleten, und alle Sportler die sich richtig in Form bringen wollen.
**38 Seiten, Paperback
ISBN 3-928063-15-4 ,**

DIÄTPLAN
Musterdiät für eine Woche

8000 kcal

**Musterdiäten
für eine Woche.**

Musterdiäten für eine Woche von 1500 - 10.000 kcal. Ideal für jeden Sportler Aufbau und Definitionsdiät sehen Sie bitte bei Ihrer Bestellung Ihr Gewicht sowie Ihr individuelles Diätziel (Definition oder Masse) an, wir berechnen dann die benötigten Kalorienmengen.
Musterdiät für eine Woche

Project Mass

Das neue Buch von Torrance C. Clark, so wahr, so knallhart. Das beste was Sie seit Jahren über das Thema Steroide zu lesen bekommen haben ! Der Autor der ROIDS-Reihe weiht Sie diesmal unter anderem in folgende Geheimnisse ein: Designer Steroid, Doping Tests, Abstears aber wie? u. v. m.
**228 Seiten, Paperback
ISBN 3-928063-07-3 ,**

ROIDSNEWS update 2

In den Roidsnews wird nicht nur über chemische Mittel zur Leistungssteigerung berichtet, sondern auch natürliche Stimulantien und ergogene Hilfen.
Das neueste aus der "Trickkiste von Hochleistungssportlern, serviert vom Autor der ROIDS-Reihe, für jeden ernsthaften Sportler
**52 Seiten, Paperback
ISBN 3-928063-12-X ,**

**Bodybuilding Fachwörter
Lexikon**

Begriffe und Abläufe imKörper, mit denen Sie früher nichts anfangen konnten gehören der Vergangenheit an. Wissen von A - Z. Mehrere Kapitel über Ernährung und Training. Ideal für alle Sportler die Erfolg in ihrer Sportart haben wollen.
**100 Seiten, Paperback
ISBN 3-928063-11-1 ,**

**Aus den Memoiren eines
Anabolikadealers**

Brandneu aus Holland jetzt in deutscher Sprache!
Der Autor beschreibt in deutlich, einfachen Stil was sich abspielt in dieser - doch aparten Welt. Ein Tatsachenbericht wie Insider wissen wollen.
**150 Seiten, Paperback
ISBN 3-928063-08-01**